당신을 머리맡에 두고
편히 잔 적 없었다

# 당신을 머리맡에 두고
# 편히 잔 적 없었다

**초판 1쇄 인쇄일** 2020년 12월 31일
**초판 1쇄 발행일** 2021년  1월  5일

**지은이** 정영희
**펴낸이** 양옥매
**디자인** 임흥순 임진형
**교   정** 조준경

**펴낸곳** 도서출판 책과나무
**출판등록** 제2012-000376
**주소** 서울특별시 마포구 방울내로 79 이노빌딩 302호
**대표전화** 02.372.1537   **팩스** 02.372.1538
**이메일** booknamu2007@naver.com
**홈페이지** www.booknamu.com
ISBN 979-11-5776-989-6 (03800)

이 도서의 국립중앙도서관 출판예정도서목록(CIP)은 서지정보유통지원
시스템 홈페이지(http://seoji.nl.go.kr)와 국가자료종합목록시스템
(http://www.nl.go.kr/kolisnet)에서 이용하실 수 있습니다.
(CIP제어번호 : CIP2020054824)

이 디카시집은 2020 한국문화예술위원회와 전라남도문화관광재단의
문예진흥기금을 보조받아 발간되었습니다.

정 영 희
디카시집

# 당신을 머리맡에 두고
# 편히 잔 적 없었다

책과나무

SNS 양방향 소통 시대,
찰나를 포착하여 영원을 누리는 문학 장르를
디카시라고 정의하자.


시야에 들어오는 여러 풍경이 삶의 흔적이라고 할 때
함부로 풀 뽑는 일도 죄악일 수 있다.
그러기에 함의된 시적 이미지를 발견하고
문자화하여 저마다 삶의 의미를 부여하는 일은
오롯이 디카 시인의 몫이다.

시는 눈물을 지워 주고,

기쁨과 치유의 노래가 되어야 한다.

많은 사람이 디카시라는 잔칫상에 둘러앉아

맛있게 들도록 배려해야 한다.


작은 알약이 몸을 다스리는 처방이듯,

디카시 한 숟갈이

코로나를 잠재우는 강력한 백신에

치료제가 되길 기대한다.

차례

## 1부

연
듯
빛

언
어
들

산목련

누가

수제비를 뜯어

하늘 너른 밥상에 맛깔나게

차려 놓았을까


후루룩, 후루룩

데칼코마니

천년의 빛*이라니


한 번 접었다 펼쳤을 뿐인데


* 경주 안압지

불일암 입구에서

살아 있는

부처를 만나러 가는 길


머리를 조아렸다


새도

잠시 적막이다

# 오래된 나무

죽어도

천년을 산다더니


자궁 때문일까

# 연둣빛 언어들

파닥거리기 전

숨죽여 놔야 잠잠해질 거야


봄의 아가미들이 벌름거린다


눈 닿는 곳마다 튕겨 나오는

연둣빛 언어들

# 일상의 무늬

때리는 대로 즐겨야 한다

상처 없이 사는 일이 어려울수록


나도 몰래

피워 낸 생의 절대적 무늬

# 민들레

팔순을 넘기면서
이제부턴 세상을 덤으로 산다고 하시던


늦도록 저문 봄날


아버지,
마당 이곳저곳 말간 똥을 부려 놓으셨다

가장 높고 따뜻한

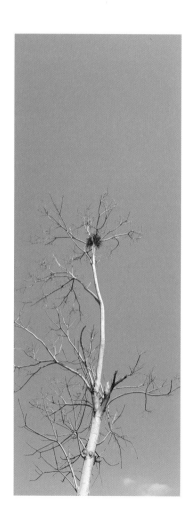

아파하는 이유 묻지 마라

방 한 칸, 들이지 못해 부끄럽다


당신에게 지어 주고 싶은


세상에서

가장 높고 따뜻한 건축 양식

# 큰바람 지나간 뒤

갈가리 찢어져도

절대, 끊어지진 않을 거야


네가

그럴 거야

# 낭만포차

염병할 놈의 소낙비가 머릴 처박는다

분이 덜 풀렸는지

천둥 번개까지 데리고 멱살을 잡는 날


그래,

낭만포차에 가자

# 시, 한 잔

시,

한 잔 위로가 되는 세상을 위해

건배

# 겨울나무

꽁꽁, 얼어붙었다

밤의
상고대

따뜻하니

# 별밤지기

사위가 고요하고
바람 아니 부는 것은
저기 저 별 하나

아직,
가슴에 품지 못해서일까

# 방파제

바람이 바다의 숨통을 죌 때마다

호흡이 가빠지는 곳


네 안부가 궁금해

가슴에서 가슴으로 길을 내고 있다


그 길 끝에 서 보라

모닥불

내 가슴에 불을 지핀 사람

누구였는지 몰랐다


타다닥, 타다닥


애타는 하늘이 어둠에 그을렸다

흉터만 자욱했다

달

묵언 수행

새벽에도 몸속의 찌꺼기를 퍼낸다


고철 더미에

시멘트 덩어리까지

# 흔적

여기까지 오는 데

평생이 걸렸다는 걸


모를까

# 지금은 태엽을 푸는 시간

금요일 저녁 일곱 시

식탁으로 걸어 나왔다

족발이


지금은 태엽을 푸는 시간이란

피켓을 들고

# 억새가 흐르는 창

책갈피에서 여인이 걸어 나왔다

시월의 햇살을 어디론가 끌고 갔다

난, 빗나간 희망을 쏘아보았다

# 여천역

아직도 무슨 할 말이 또 남았는지


아니다


나도 따라가야겠다

# 한밤중

오시겠어요

당신, 생의 이만큼은 허락받았을 시간

내가 그믐달로 저문다 해도

지금, 이 자리

세상을 들어 올릴 근육이

조금씩 빠져나간다


탁, 치고 가는

이 찰나


그래, 지금 이 자리야

우화

매미라는 이름의

촌놈


드디어

장가간다네

# 골똘에 관하여

숲속

잠자리 날아들었다


벌써,

동안거에 들어가나

사랑

문자도 없었는데

어느새

당신,
내 무릎에 앉았네요

# 안경을 닦으며

먼 산, 시야가 흐려졌다

벼룩시장 두툼한 안경을 샀다

심지가 두메로, 두메로

기울어졌다

# 떠나지 못한 사람들

위험한 장난은 하지 마라 타일렀거늘


여태껏

버티는 오기를 보아라


철거, 하루 전

## 2부

아무도 꽃 이름을
묻지 않았다

발바닥

앞

만

보

고

걸었다

당신을 머리맡에 두고
편히 잔 적 없었다

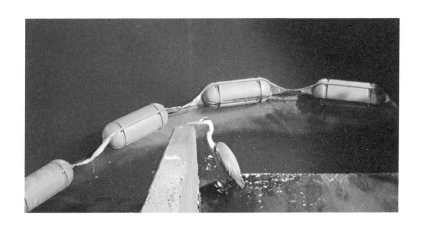

이따금

왜가리가 날아와 두리번거리더니

사랑도 고행이라며


온종일


한 발을 들고 있었다

# 아직은 집

지붕의 골이 더 깊어졌다


도회지에 버려진 궁기들 때문일까


아직 마루는 뜨뜻한데


정월에 떠난 차가 돌아오지 않았다

# 거미줄

끊어야만

풀리는

아름다운 구속

풍덩

통통 튀는,

이름 하나 가져야겠다


불쑥 뱉은 말 한마디에 번지는

환희의 파문들


너도, 내 가슴에 돌 한번 던져 보렴

## 그루터기

모두 내주고도
그래도 남은 게 있다며

가오리 방석을 내주는구려
입맛 당기게

못

시선이 엇갈릴 때마다


다른 유전자를 한 몸으로 결합하는

절묘한 두드림의 합체


극한적 대립일수록 약이다

교차로에서

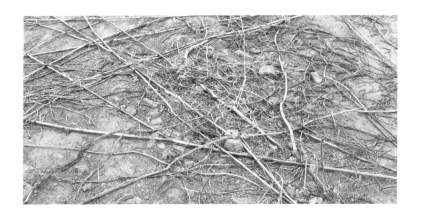

과속 방지 카메라가 있습니다

진입 금지입니다

300m 전방 우회전입니다


경로를 벗어났습니다

# 노을 이야기

잘 버무린 갯벌에
소금 햇살 뿌리고
농익은 구름자락 고명으로 얹었다

덜컥,
편도선이 먼저 찾아왔다

# 고통의 축제

바퀴 자국이 뚜렷했다

아픔 두 줄이 그어졌다

트럭이 뭉개며 또 지나갔다

동백꽃

지하철 종각역,

손바닥만 한 타일 바닥에 모로 누워 있다

돌아가지도 못할 집을 향해

한 잔의 초저녁에 졸고 있다


동백꽃, 그들 발가락 틈에 살짝 끼워 놓았다

이박 삼일 동안 비 내리고

빗방울만큼 번지다
그냥, 생을 마감하는 비

내 입으로 아니라고 어떻게 설명해야 하나

# 불꽃놀이

불씨들이 수면을 떠다닌다

두 마리가 되고, 네 마리나 되고,

편대를 이루어


바보들의 시선을 하늘에서 땅으로

끌어당기는 축제

사랑하는 이에게

어딜 쏘다니다 바람 한 잔에 피어났을까?

헤픈 사랑은 절대 용납하지 않겠다던

네, 고집불통을 바라보며

잠시 이별해야 할 이유를 풍경으로 남겨 놓았다


붉디붉은 내 사랑아

숯대

그리움에

한쪽만 멍하니 바라보다가

나도 몰래

박제가 되는 거래

아무도 꽃 이름을
묻지 않았다

허기에 손을 벤 사람은 안다

뜻도 없이 지는 꽃들을 돌려 달라 했다
두 주먹을 불끈 쥔 채

그러나,
아무도 꽃 이름을 묻지 않았다

# 오늘의 날씨

출근길,

짙은 안개 조심하셔야겠네요

사회적 거리를 절대 유지하세요

아차, 키보드를 잘못 눌렀네요

안개가 아니고 비말飛沫*입니다

* 코로나19 바이러스, 날아다니는 물방울

보이지 않는 사랑

한 뼘이라도 놓칠까

그물처럼 촘촘 엮어

널, 보듬는

뿌리의 결기를 보아라

여수반도

어째서

들쑥날쑥한가 했네


밤새,

감생이, 볼락들이

내 옆구리 갉아 먹은 줄 모르고

# 풍경을 짓는 집

어두울수록

삶의 행간이 뚜렷해진다는 것을


그리하여

당신도 찬란해진다는 것을

벽

길고 굵은 못을 박는다
우주의 중앙은 못도 망치도 아닌


내 허물 걸어 말릴 곳
마땅찮다

# 폐차장 가는 길

한눈파는 일은 없었다

생고집은 피웠어도


기름 대신

햄버거를 가득 채워 보냈다

# 세월을 던지며

자네,

테트라포드에 들어가 보았겠지
손맛이었을 거야

수위는 자꾸 높아진다는데
쓴맛이었을 거야

휴식

발톱을 사납게 들이대더니

사뿐히

핥고, 날아올랐다


출렁거렸다, 공중그네가

탱자꽃 필 무렵

어머니

탱자꽃이 피고 있어요
이제, 몸이 가벼워졌으니
홑이불을 덮으세요


영정 사진을 몇 번이고 쓰다듬었다

# 가을 편지

담벼락에

소슬바람체로 휘갈겼다


눈두덩이 붉어질 대로 붉어졌다


사랑했는데

# 책장을 넘기다가

- 자화상

책갈피에 끼어 잊고 살았지요


오래된 책장을 넘겼어요

닳아진 레코드 가게 LP판처럼

골방에 미친, 통기타까지


깁다 만, 나의 20년*을 찾았지요


* 7080 K-pops 장계현의 노래

## 3부

세상에서 가장 큰
순가락

# 첫눈

당신이

첫눈으로 오시면*


목청껏


이렇게 써야지


* 박남준 시에서 인용

내게 오는 길

오늘이

시야에서 멀어진다 싶을 때


오라


아이스크림 밥상에

사다리를 버무려 놓았으니

# 열반에 들다

닳아진 검정 고무신을

하얗게

꿰매 놓고 가는 것

# 빈 병

취한다고 불평 마라

비워야 했다

깃발처럼 나부끼고 싶었다

바람난 여자

가출 후,

기어이 돌아왔구나
알록달록, 햇빛을 뒤집어쓰고

그대, 얼레지[*]
3월의 여왕에 임명하노라

<br>

*꽃말: 바람난 여자

내려놓다

호주머니도 까뒤집었다

바들거렸다


쿵


지축이 흔들렸다

## 노병이 돌아오다

물불 가리지 않았다

전쟁터에서 노병이 돌아왔다

위로의 말씀이 몇 마디 오갔다

단풍이 피고 있었다

솥단지에

심전도 검사

살포시

들꽃을 뒤적거렸다

숨결 가쁘지나 않았는지


찌푸렸던 이맛살

팽팽해졌다

문

넌, 문밖

아이스 아메리카노를 주문했고


난, 문안

양촌리를 마셨다

# 이사를 하며

쌓다 보니

어느새 12층이 되었다


내려 보니

걱정 보따리였다

# 즐거운 소통

헝클어진 낱말의 부스러기들
가지런히 꽂았다

시끄럽던 말들이 훤하다
이보다 더 즐거운 소통 방식은 없을 거야

고드름

강추위에도 말이 걸진 사람
그 말의 고드름에 찔려본 사람은 안다


처마 끝 땅을 향할수록
부드럽다는 것을

# 세상에서 가장 큰 숟가락

이봐

몇 술 뜬다 해도
허기지긴 사랑도 마찬가지여

한 숟갈 크게 떠 보게

# 눈 녹은 뒤

떡갈나무 숲에 들어와 봤더니

내가

건너편 너덜경에 박힌 작은 돌멩이라는 걸

눈 녹은 뒤에야 알았다

# 벽화마을에서

고소동 1004번지*

낮달을 훔쳤고
월차와 맞바꾼 바닷가 동네

케이블카,
낯선 풍경을 퍼 나르고 있었다

* 전남 여수에 있는 벽화마을

플라타너스

버짐 핀 줄 알았다


항암 치료가 끝났다
위는 내주고
머리칼은 되찾았다


말기였다

# 동짓달 팥죽

저곳에 들어

밤을 새우고 싶다

피눈물이 넘쳐

깨끗하게

말라붙을 때까지

# 고청랑산해천사*

지난밤

풍경 소리 마당에 그득했다


누가

홍매화 맑은 해우소를 다녀갔을까


*전남 순천 선암사의 옛 이름

# 대설 특보

첫발 떼던 날

눈길을 열었던 발자국처럼


아이야,


우박처럼 퍼붓더라도

걸어갈 수 있겠지

이별의 끝은

거대한 몸짓의 호젓한 바람들

산은 일찍 깨달았다


휘어진 길목부턴

앞을 내주질 않는다


눈물이라며

# 감 익는 마을

귀향을 채비하는

누군가

수레바퀴를 힘차게 돌리고 있을 거야

# 구부러지다

밥그릇 털고, 물기를 널어

빗소리 듣는 동안

저절로 허리가 구부러지네요


할미꽃이 피고 있어요


어머니

엘리베이터

오르락내리락

평생을 노려보고 토닥거렸다


한 몸이 되는 때

오긴 올 거야

# 사색의 장

오래전,
지워진 당신의 외로운 노래

창문에 눈을 기댔다
키 작은 오후가 담을 뛰어넘다 미끄러졌다

은행잎이 철없이, 물들어 갔다

틈

서먹서먹한 사이가 아니라

함께 숨 쉬는 곳

# 인연의 끈

세월을 먹고 자란다고 했지

물이 낡아질 때쯤

우리는
어디에 닿아 있을까

# 돌에 핀 꽃

바다의 각질이 떨어져 나왔다

꽁꽁, 얼어붙었다

파도가 되새김질하였다

여물었다, 석화가

## 4부

물살을 가를 때

# 봄, 어스름

네 허리를 붙들고 풀무질하는 동안

강물은 계절을 몇 번이나 감았다 놓았는지

저토록 거룩할까


벚꽃이 날 거둬들이는

봄, 어스름

# 전세, 아니면 월세

신도심 외곽 택지개발지구

임대 아파트에 세 들어 사는 동안


초인종이 울릴 때마다


쭈뼛,

머리카락이 곤두섰다

화전

들여다보면 볼수록

눈이 부셔


세상이 맑아지는

맛있는

꽃

# 코스모스가 있는 풍경

끝내,

눈길 멀리 비켜 가는가


땅거미가 질 때까지 굼질대며

눈만 흘기고 있었다

# 동행

중도방죽*

꿈을 향한 발걸음으로


내년에도

함께 손잡고 가자고요


+ 전남 벌교에 있는 둑길, 소설 『태백산맥』의 배경 중 하나

# 지붕 없는 미술관

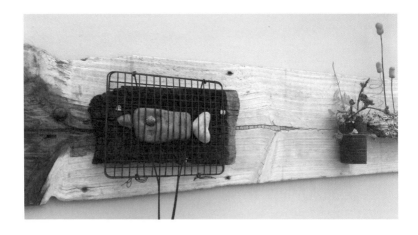

연홍도[*]

혹시, 더 줄 게 있다면
따가운 햇볕에 바싹 굽다가 태워 버린
구릿빛 생선도 좋으리

*전남 고흥에 있는 섬, 섬 전체가 지붕 없는 미술관으로 유명

# 느티나무

바람이 능선을 넘을 때마다
어깨를 서로 단단히 결박했다


석양이 멈칫,
빙긋이 지켜보고 있었다

해후

가까이

좀 더 가까이

# 어둠의 저쪽

눈이 내린다

생각이 쌓인다


운율만큼 깡충거리는

눈의 발라드


내 기쁨의 적설량은 얼마인가

까마귀는 날아들고

팬데믹,

마음을 담는 우체통이 도착했다


우울은행 8888-7575-4444**


뒷산

까마귀 밭에 비는 내리고

귀로

고기는 놓아주었다

소쿠리엔 파도 소리를 담고


바람개비

멀리서 손을 흔들었다

# 섬진강에서

썩어 문드러질 때 있지요

괜히 미워지는 일 말이에요


강가에 나가

물어보면 좋겠어요


왜, 살지요

산수유

톡톡,

후미진 돌담을 두드릴 때


당신


세상의 중심으로 두근두근

피어나라

물살을 가를 때

여보, 오리 좀 봐

얼마나 예쁘게 헤엄치는지


근데, 오리탕 먹은 게 언제야


주춤,

한 발 뒤로 물러섰다

# 드론 날다

저런 대왕모기는 처음 보겠다
맛있는 풍요를 보여 달라 보채는데
내어 줄 밥상이 없구나

# 변산바람꽃

그냥 바라볼 수 없었다

무릎 꿇고,

천천히

그리고, 납작 엎드렸다

물방울 연가

개암나무 침대

낯선 얼굴을 들여다본다


누굴까


앞뒤 없이 굴러다니느라

볼록거울이 되었다

# 자서전

보리수나무 아래서 자서전을 쓴다

빼거나, 박거나


지금 단 열매의 시간이 지나가고 있다


쪽수를 달아야 할 때다

꿈

잠깐만,

기죽지 말고 기다려


별이 솟구칠 거야


크고, 푸르게

# 새 아파트

초승달이

찐빵처럼 부풀어 오르는 날

입주다

# 분수의 분수

분수가 왜 이래


분수가 분수다워야 분수지


분수대로 살아야지

뿌리에게

굵은 힘줄이 드러났다

생의 절반은 희망이었다는 증거일 터


다시, 시작이다

# 부레옥잠과 금붕어

쉬이,

뿌리 내린 게 아니었다


밤낮 걸러 낸

맑은 거름들이 있었다


눈뜬 채

# 장미의 배반

누리는 게 너무 많다 했다

한파, 불청객이 다녀가더니

또 만개다


어긋난 계절에 해를 삼켰다

## 파도

바다가 생선을 던져 주었다
되돌려줄 것 없는 날의 끝물 무렵

난, 몇 톤의 납덩어리와 갈고리, 한 끼의 저녁도 안 되는
기도를 뿌려 주었다

어디, 우는 것이 파도뿐이랴

# 구유에 들어간 까닭

노려보는 이유를 몰랐다

서늘한 장맛에 술상이 부글거렸지만

모처럼 쬐는 구유 때문이었을까


어머니의 태반이었다

# 후드득, 또 봄

줄배는

살얼음에 발목이 잡혀

거동이 여간 불편한 게 아닌데요


남바람꽃

강어귀에서 후드득, 하네요

# 지금, 이 자리의 무늬 만들기

최광임

(디카시 주간·두원공대 겸임교수)

## 1

「개미와 베짱이」의 우화는 한여름에도 쉬지 않고 땀 뻘뻘 흘리며 일하는 개미를 부지런함, 근면함의 아이콘으로 부각한다. 자본주의 이데올로기는 개미의 노동을 최고의 미덕으로, 베짱이의 놀이를 가장 경계해야 하는 것으로 문화화하는 데 성공했다.

그러나 현대사회는 단순 논리로 작동하지 않는다. 놀이를 통해 자기계발을 한 베짱이는 1인 미디어, 유튜브 등을 통해 유능한 프로듀서나 세계적인 가수가 되기도 한다. 개미의 노동력은 로봇이나 AI가 대체함으로써 더는 필요하지 않게 된다. 놀이를 통한 에너지 충전, 선택과 집중, 창조적 아이디어가 있어야 하는 시대이다. 우리는 노동 시간 단축과 문화 산업 시대를 유희하는 인간으로 살아가게 된 것이다.

그런 의미에서 디카시의 본령은 문학이지만 동시에 일상생활에서 우리가 창작하고 즐길 수 있는 '시놀이' 문화 콘텐츠가 된다. 디카시의 특성은 예술적 미학을 담보하는 것임과 동시에 일상에서 예술을 향유하며 예술 활동을 일상적으로 할 수 있다는 데 있다. 놀이 층위 또한 전문성과 대중성을 포함한다.

정영희 시인의 이번 디카시들도 일상에서 조우한 시적 대상들을 소재로 삼았다. 1부 '연둣빛 언어들', 2부 '아무도 꽃 이름을 묻지 않았다', 3부 '세상에서 가장 큰 숟가락', 4부 '물살을 가를 때'로 분류했다.

총 108편의 디카시 소재들은 시인의 일상에서 출현한 것들이다. 시인은 우리의 삶이 편리하고 넉넉해진 시대의 한쪽에서 여전히 자본에 밀리고 권력에 억압당하는 것들을 소환한다. 그것들의 고발을 대리하거나 충족하지 못한 욕구를 대리 요구하거나 위무한다. 타자에 대한 갈망이나 주체와 사회의 갈등 내지 대립을 조율하기도 하며, 복잡하고 융합적인 사회 현상을 수용하는 자세를 견지한다.

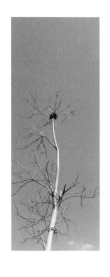

아파하는 이유 묻지 마라
방 한 칸, 들이지 못해 부끄럽다

당신에게 지어 주고 싶은

세상에서
가장 높고 따뜻한 건축 양식

– 「가장 높고 따뜻한」 전문

　　현대인의 문제는 생존의 위협과 삶의 고통을 일정 부분 감내
하며 산다는 것이다. 자연재해뿐만 아니라 전염병의 창궐, 불
의의 인위적 사고 앞에 우리의 생명은 무력하게 놓여 있는 데
다, 대중의 욕구는 제어할 수 없이 나날이 증가하고 있다. 인
간을 괴롭히는 것은 불안정성과 욕구이다. 시적 화자처럼 "당
신에게" "세상에서 / 가장 높고 따뜻한 건축 양식"으로 집 한
채 지어 주고 싶으나 현실은 "방 한 칸" 들이지 못할 만큼 여력
이 없다. 어디에도 요구할 수 없음으로 욕구는 억눌리고 주체
의 삶은 고통스럽고 아플 수밖에 없다. 모든 생명은 존재 그
자체로서 가치가 있음으로 존중받아야 한다고 말한다. 자본주

의 사회에서 존중받으며 가치를 지니는 것은 자본밖에 없다. 화자가 "아파하는 이유 묻지" 않아도 안다.

디카시의 매력은 여기에 있다. 「가장 높고 따뜻한」 작품을 사진만 읽어 보자. 또 따로 문장만 읽어 보자.

영상과 문장을 분리하면 시적 의미가 발화되지 않는다. "가장 높고 따뜻한 건축 양식"을 이해할 수 없을 것이다. 디카시는 영상이 문장을, 문장이 영상을 보완하거나 조력하는 것이 아니다. 독립적인 두 개체가 융합하여 새로운 어떤 것으로 창조하는 것이다.

때리는 대로 즐거야 한다
상처 없이 사는 일이 어려울수록

나도 몰래
피워 낸 생의 절대적 무늬

– 「일상의 무늬」 전문

팬데믹,
마음을 담는 우체통이 도착했다

우울은행 8888-7575-4444**

뒷산
까마귀 밭에 비는 내리고

– 「까마귀는 날아들고」 전문

우리를 강제하는 것은 자본주의 사회에서 자본이며 자본을 이용한 갖은 권력이다. 신자유주의는 부익부 빈익빈의 구조적 문제를 개선하려 하지 않으며 강자 독식 주의에서 동력을 얻는다. 자본이 최고의 선이며 최대의 가치이다. 피지배자들인 대중은 자본과 권력 없음이 사회경제구조의 문제임을 먼저 깨닫기보다 개인의 능력 부족으로 인식하는 경향이 많다. 성공한 사람은 인맥과 시간을 체계적으로 관리하며 성실하고 부지런할 뿐 아니라 자본의 흐름을 감지하는 정보력을 갖추었기 때문이라고 인식하는 것이다. 반대로 개인 자본의 부족과 인맥, 정보력의 부족으로 기회를 얻지 못했을 뿐, 당신도 노력한 만큼 헤게모니를 차지하는 때가 올 것이다, 라고 하는 신자유주의 특유의 환상을 문화화한 탓이다.

내 의지와 무관하게 생긴 치명적인 상처들이 삶을 비극으로 몰아간다는 것을 인지하지 못하는 바가 아니다. 그런데도 대중은 이러한 자본주의 이데올로기의 위장과 위선에 항거할 힘을 갖지 못한다. 우리 삶은 끊임없는 타인과의 관계로 이루어진 탓이다. 이때 자아는 자신과 더불어 있는 타인의 요구에 종속되어 존재하게 되고 대중성에서 벗어나기를 두려워하기도 한다.

현존한다는 것은 '지금 – 여기'에서 이루어지는 것으로 현존재는 세계 내에 존재하는 관계를 통해 실현되는 것이면서 동시에 나 자신의 고유한 현존재를 망각하지 않아야 한다는 의미이다. 그런데도 자본 권력의 구조에 순응하는 지극히 선량하고 보편적인 생으로 살아야 한다는 데서 대중사회, 신자유주의 사회의 불행은 시작되었다.

화자는 바위의 형상과 파도의 관계를 통해 현존재인 바위의 고유성을 찾고자 한다. 생의 연륜만큼 사물의 이치도 깨우친 통찰이다. "상처 없이 사는 일이 어려울수록" 자연의 사물에서 견지해야 할 삶의 자세를 터득한다. 어떤 형식으로든 존재한다는 것만큼 본질적인 것은 없다. 바위도 그 본질의 절대성을 일상화하였으므로 '지금 – 여기'의 단단한 바위일 수 있다. 하이데거식 실존 의식인 셈이다.

까마귀가 흉조라는 것은 동양적 상징이다. 기쁜 소식은 까치가 알리며 죽음 같은 나쁜 소식은 까마귀가 알린다고 전래하여 왔다. 코로나19 역병 팬데믹 상태가 장기화되면서 힘들어진 이들이 많다. 화자에게도 우울은행에서 카드가 왔다. "까마귀 밭에 비"까지 내리는 것으로 보아 좋은 소식이 담긴 것은 아닌 것으로 읽힌다. 비인간적인 자본의 권력은 어떠한 방식으로든 고유의 현존재를 퇴락시켜 자기소외를 낳고 우울을 앓게 한다.

이 밖에도 「떠나지 못하는 사람들」, 「전세 아니면 월세」, 「동백꽃」, 「아무도 꽃 이름을 묻지 않았다」, 「파도」 등 다수의 작품을 통해 이러한 부조리는 우리 사회 곳곳에서 일어나고 있음을 강변한다. 「고통의 축제」는 미군 장갑차가 압사시킨 '효선이 미순이 사건'의 추모 의미를 연상시키기도 한다. 거대 자본으로 이루어진 강대국이 약소국에 행한 비인도적인 행위를 고발함으로써 세계는 자본과 자본의 권력이 지배한다는 점을 역설하는 것으로 읽힌다.

지붕의 골이 더 깊어졌다

도회지에 버려진 궁기들 때문일까

아직 마루는 뜨뜻한데

정월에 떠난 차가 돌아오지 않았다

–「아직은 집」 전문

세상을 들어 올릴 근육이
조금씩 빠져나간다

탁, 치고 가는
이 찰나

그래, 지금 이 자리야

–「지금, 이 자리」 전문

자연은 절대로 친절하거나 포용적이지 않다. 거기 있어야 하기 때문에 거기 있는 것이 아니라 아무 곳에나 제멋대로 존재하다 어우러진 우연일 뿐이다. 시간의 제약을 받기는 하지만 인간세계처럼 장소를 본질로 하는 시간의 제약은 받지 않는다. 절기에 따라 자연의 오고 감은 있으나 공간 확보를 위해 시간을 다투지 않는다는 말이다. 그러므로 자연은 자연에 관심을 표하지 않으며 흉포하다고도 느끼지 않는다. 자연을 숙지하는 인간만의 방식이다. 폭우와 폭염, 해일, 지진, 가뭄, 화산 폭발 같은 자연재해에 대비해 생존의 진화를 꾀하고 문명을 발전시킬 수 있었던 것 또한 시공간을 아우르는 인간 실존의 문제와 직결되었기 때문이다. 이것이 인간의 자연에 대한 응전이라면 구조적 모순으로 극단 한계에 이른 신자유주의 체제에 대한 대중의 응전 방식도 있다.

자연에는 없고 인간에게만 있는 '의미'이다. 자연은 존재할 뿐 그 자체에 대한 의미를 생성하지 않는다. 그러므로 자연은 독보적으로 고유하다. 필연적인 공동체가 되지 않는 이유이다. 인간은 적절한 시간 동안 적정한 터에 타인의 존재 양식과 공통적이게 한다. 그러므로 자연처럼 독보적이고 고유한 존재이기보다 나 자신의 고유성은 얼마간 포기하면서까지 이루는 것이 공동체이다. 이는 자본주의의 경쟁이 양산하는 대중의

몰개성, 상대적 상실감, 자기소외와는 다르다. 공동체 안으로 들어오면 자연의 흉포와 자본의 패악으로부터 얼마간 보호받을 수 있다.

그런데도 "지붕의 골이 더 깊어"지는 것은 궁기 가득한 도회지로 이탈하여 "아직 마루는 뜨듯한데"도 돌아오지 않기 때문이다. 공동체가 와해하는 이유이기도 하다. 「아직은 집」은 일정한 기억과 습관, 사회적 전통의 영향으로 형성된 집단의식이 '도회지'로 표상되는 사회화 과정에서 개인에게 형성된 하나의 성향 체계, 즉 시인만의 아비투스인 셈이다.

인간이 자연처럼 독보적이고 고유한 존재로 회복할 방법은 있다. 이 방향의 아비투스가 형성된 개개인이 장을 만드는 것이다. 자본과 권력의 횡포에 포획당하지 않고 오로지 현존재의 실존 방식에 몰두하는 일이다. 현 문명사회에 작동하는 자본 체제야말로 유일하고 독보적인 것에 반해 현존재는 "세상을 들어 올릴 근육이 / 조금씩 빠져나"가는 것을 절감할 만큼 권력과 영향력이 미미할 수밖에 없다.

그러나 그 어떤 존재도 항구적인 것은 없다. 더욱이 자연의 시간으로는 모든 존재가 '찰나'에 불과하다. 그러므로 가장 소중한 것은 "지금, 이 자리" 즉 '여기 ― 이곳'이라는 실존이다. 어찌하다 관목인 진달래꽃 가지가 교목에 걸려 있는지 모르겠으나 '거기 있음으로 존재 자체로 아름'답다. 인간도 이러할 때 진정 인간다운 법이라는 의미를 시인은 부여하고 싶었을 것으로 본다.


## 2

어느 문화나 이데올로기든 내부에서 자기비판의 형식으로 끊임없이 생성과 소멸을 반복해왔다. 어떤 지배 질서에 따른 자본 창출 양식이나 지배 문화도 자유를 향한 인간의 실천과 에너지를 억제하거나 고갈시키지는 못했기 때문이다.

개인은 자기비판이 상시적이며 자유에 대한 갈망 또한 강력하다. 그런 만큼 민족이나 집단보다 변화 가능성이 크다. 변화를 도모한다는 것은 진보적 사유를 한다는 의미로 해석할 수 있다. 진보는 사유의 방식이 젊고 자유의지 또한 강렬하다는 것을 의미한다. 당연히 주체 자체가 젊거나 사유의 내용에 감각이 깃들어 있어야 한다는 의미이기도 하다. 이때 부르디외는 노동자들이나 민중계급이 자신들의 가치관이나 세계관을 해석하고 표현할 수 있는 언어를 소유하고 있지 않다고 말한다. 그 분야 전문인이나 진정한 지식인의 역할이 필요하다는 의미로 해석된다.

시대의식이나 어떤 비판의식도 자기 성찰로부터 시작되어

야 한다. 현재 우리 사회가 혼탁한 이유는 그 분야 지식인이라는 이들의 책임이라 할 수 있다. 자기 성찰은 없고 진영 논리에 따른 비판의 목소리만 분분하기 때문이다. 그런 점에서 정영희 시인은 자기 검열에 엄격하다고 할 수 있다. "깁다 만, 나의 20년"(「책장을 넘기다가」)이라는 언술을 통해서도 짐작할 수 있다. 돌벽에 "길고 굵은 못을 박는"데 "우주의 중앙"이다. 화자에게 그곳은 마땅찮은 곳이다. "내 허물 걸어 말릴 곳"(「벽」)이기 때문이다. '허물'이라는 의미를 생각해 볼 일이다. 「자서전」, 「불일암 입구에서」, 「모닥불」, 「당신을 머리맡에 두고 편히 잔 적 없었다」 등 자기 검열과 반성을 기본으로 한 작품들에서 드러난다.

헝클어진 낱말의 부스러기들
가지런히 꽂았다

시끄럽던 말들이 훤하다
이보다 더 즐거운 소통 방식은 없을 거야

– 「즐거운 소통」 전문

고기는 놓아주었다
소쿠리엔 파도 소리를 담고

바람개비
멀리서 손을 흔들었다

– 「귀로」 전문

시인은 세상을 어느 정도 볼 줄 알게 됨으로써 삶이 명쾌하고 자유로워진다. 우리 사회가 혼탁한 것은 불필요한 말들이 부유하고 있기 때문이라는 것을 넘치도록 안다. 앞서 언급한 바와 같이 자기반성도 없이, 경청도 없이 당리당략에 부합하는 주장만 함으로써 세상을 양분시키고 있기 때문이다. 사회의 지도층과 지식인들조차 이권에 따라 논리가 달라진다. 언어의 본질은 '소통'이다. 소통하지 못하는 이는 언어라는 도구를 다룰 줄 모르거나 잘못 쓰고 있다는 증거가 된다. 인간 사회의 기본적인 도구도 다룰 줄 모르는 이가 그 분야 전문가, 사회 지도층이라고 하는 꼴이 되고 만다. 이 사회에서 압도적 다수를 차지하고 있는 노동자들과 민중계급이 합당하게 나아갈 방향을 제시하는 지식인이 우리 사회엔 없다. 자본을 분배하고 사회 계층 간의 격차를 완화할 만한 사유와 가치관을 제시하지 못한다는 말이다. 더는 계층의 고수 내지 구분이 우리를 안전하게 해 주지 않는다는 것을 코비드 19 전염병 창궐을 통해 장기적으로 학습하고 있다.

시인은 난분분한 말 부스러기들을 '가지런히' 꽂는 방법을 택했다. 서로 달랐던 것들이 가지런하다는 것은 사전 조율을 마쳤다는 의미하기도 하다. 한번 체득하고 난 소통 양식은 공동체를 즐겁게 한다. 그 이상을 대체할 좋은 양식이 더는 없다는

듯, 시인은 자부한다.

사물은 사람이 사유하게 만들고 이치를 터득하도록 안내하는 자연의 조력자이다. 관조의 힘은 그때 발휘되며 디카시는 시인이 일상의 소소한 사물들과 조우하게 함으로써 예술화 경지로 이끈다. 창작자에게 프로컨슈머가 되는 자질을 부여하고 삶의 질을 한층 끌어올린다.

그런 의미에서 디카시 「귀로」는 시놀이의 진수를 보여 주는 작품이기도 하다. 낚시꾼의 낚시 행위는 이 사회 권력자들이 취하는 도그마와는 다르다. 권력자가 피권력자에게 행세하는 독단과는 거리가 멀다. 권력자 낚시꾼이 피권력자인 물고기를 대상으로 낚는 행세를 했으나 결과적으로 낚인 물고기는 없다. 모두 제 있어야 할 자리에 있는 것이다. 낚시꾼은 집으로 돌아오고 물고기는 바다로 돌아갔다. 생명의 무리에 구조적으로 생길 수밖에 없는 권력이 지배의식이 없다거나 형평성을 행사하면 나머지 존재들은 불안하거나 고통스럽지 않다. '거기'서 '지금, 여기'로 움직이는데 저해 요소가 없다. 평화롭다.

시인이 조성해 가는 시공간의 평화는 「여수반도」, 「산목련」 등에서도 나타난다. 때로는 세상을 향해 잔잔한 파문을 일으킴으로써 살아 있음의 생동감을 취하기도 한다.

통통 튀는,
이름 하나 가져야겠다

불쑥 뱉은 말 한마디에 번지는
환희의 파문들

너도, 내 가슴에 돌 한번 던져 보렴

–「퐁당」 전문


　인간은 욕망하는 존재다. 주체가 욕망하는 동안은 잔잔한 흥분 상태를 유지하려는 쾌락 원칙을 넘어 상징계의 매개 없이도 직접 사물과 통교하려 한다. 이와 반대로 욕망하지 않을 때는 긴장이 없는 죽음에 이르렀을 때이다.

　화자의 욕망은 "통통 튀는, 이름 하나" 갖는 것이다. "불쑥 뱉은 말 한마디"에 점화되었는데 "환희의 파문"에 매혹당하지 않을 수 없다. 주체는 환희니, 향유니 하는 안전장

치를 건너뛰어 대상을 직접 찾아 나서는 위험한 시도를 감행하고자 한다. "너도, 내 가슴에 돌 한번 던져 보라"는 것이다. '퐁당' 빠져도 개의치 않겠다는 심리이다.

주체는 욕망의 환유에 들기를 거부하지 않는다. 황지우의 「너를 기다리는 동안」처럼 "환희의 파문"은 너일지 모른다고 여겼다가 너일 수도 있다고 여겼다가 너인 것 같았다가 너인가 싶었는데, 너였노라 했는데, 너였다, 와 같은 맥락이라 하겠다. '너'라는 그 '이름'이란 저 물살의 무늬가 아닐까. 아니 물살이다, 아니다 무늬다, 물이다, 돌팔매다, 돌을 던지는 너다, 욕망하는 나다, 아, 무늬를 만드는 바람일 거야, 라고 흔들리는 사이 "환희의 파문들"은 사라지고 만다. 변덕쟁이 환유가 주체를 뺑뺑이 돌린 것이다. 라캉은 '실재, 그것은 불가능이다.'라고 말한다. 결여가 없는 충만함과 완벽한 만족을 주는 곳이 실재계라고 보기 때문이다.

디카시 창작에 있어 영상은 주체의 사유를 구체화하며 직관력을 길러 주고 사유의 폭을 확장하는 데 도움을 준다. 사물이 품고 있는 다양한 언어를 시인의 언어로 복기하는 작업이라고도 할 수 있다. 좋은 디카시는 시인의 사유 방식이 시적 사물과 만났을 때 시인의 사유 깊이에 따라 드러나는 시적 매혹의 폭이라 할 수 있다. 저 돌팔매가 만들어 내는 파장과 같다.

정영희 시인 또한 연륜의 덕일 수 있겠으나 사물을 보는 시선이 깊고 넓다. 「퐁당」도 물무늬를 전경화하지 않았더라면 수작이 되지 못하였을 수도 있다. "불쑥 뱉은 말"이 만들어 낸 "환희의 파장"을 창조했다면 "내 가슴에 돌 한 번" 던지는 행위가 "통통 튀는" 이름을 포획하고 싶은 욕망의 환유적 고리를 만들어 냈으니 말이다.